Dagmar Geisler

A veces mis padres se enfadan

Desarrollo emocional para niños y niñas a partir de 5 años

Editorial EJ Juventud

Provença, 101 – 08029 Barcelona

Título original: Manchmal gibt es einfach Streit
Texto e ilustraciones: Dagmar Geisler
© Loewe Verlag GmbH, Alemania, 2015
© EDITORIAL JUVENTUD, S. A., 2016
Provença, 101 - 08029 Barcelona
info@editorialjuventud.es
www.editorialjuventud.es
Traducción de Eva Peribáñez

Primera edición, 2016

ISBN 978-84-261-4360-0

DL B 8307-2016
Núm. de edición de E. J.: 13.246
Printed in Spain
Arts Gràfiques Grinver, Avda. Generalitat, 39 - Sant Joan Despí (Barcelona)

A veces mis padres se enfadan

Es normal que los padres, aunque se quieran, a veces discutan.
Puede que sea por un simple malentendido, o por tener opiniones
diferentes en los asuntos importantes o en las pequeñas cosas...
Esto también nos pasa con los amigos algunas veces, ¿verdad?
Es bastante difícil que nunca haya discusiones. Pero los malentendidos
se pueden aclarar, y los conflictos de intereses deben abordarse
de una forma creativa.

Hay otro conflicto más delicado: cuando el motivo aparente y la causa
real no tienen nada que ver. El ambiente se enrarece por cosas
que han pasado fuera. Los padres han tenido un mal día en el trabajo
o están muy estresados o preocupados.

A veces, los padres, aunque no estén de acuerdo, o estén enfadados
o estresados, hablan con tranquilidad, otras no tanto... Discuten,
gritan y dicen cosas desagradables que en el fondo no sienten.
Los hijos se asustan, se preocupan, se entristecen.

Pero luego los padres se perdonan, se reconcilian, y todo vuelve
a la calma.

A veces la gente discute, ¡pero hacer las paces es lo mejor!

Y tú, ¿te has enfadado alguna vez con algún amigo?

Casi todo el mundo se enfada en algún momento.

Los García a veces
se enfadan por nada.

Los Pérez discuten
a menudo por el fútbol.

Olga y Pedro discuten
cada vez que quieren
irse de vacaciones.

A veces los Cruz
se pelean por el programa
de televisión.

Bimbo y Roco
se pelean
por la comida.

Las personas que se quieren también se enfadan de vez en cuando.

A veces Ernesto y Ana
discuten sobre qué es mejor:
las novelas policíacas
o las historias románticas.

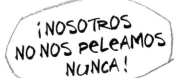

¡NOSOTROS NO NOS PELEAMOS NUNCA!

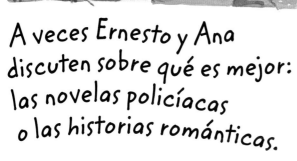

Mis padres son los únicos que no discuten nunca.
¡Que no, que es mentira!
No son angelitos.
Aunque normalmente están muy simpáticos y divertidos.

Pero algunos días, detecto algo raro en el ambiente.

A veces es un simple malentendido.

Como aquel día que papá creía que mamá había tirado su camiseta preferida. Y estaba en el cubo de la ropa sucia.

A veces tienen opiniones totalmente
opuestas. Como aquel día que mamá
tenía muchas ganas de ir de excursión
y papá quería ir a ver a la abuela sí o sí.
Aquel día discutieron un poco,
pero luego encontraron
una solución juntos.

Pero un día las cosas fueron mal de verdad.
A la hora del desayuno ya me di cuenta de que algo no iba bien.

Cuando fuimos al zoo, mamá se sentó al volante y papá
puso una cara rara y miró por la ventana todo el rato.
No se dijeron nada, y por el retrovisor vi que mamá
tenía una arruga en la frente.
Siempre le sale cuando está enfadada.

Primero pensé que quizás habían discutido por culpa mía.
Pero cuando paseábamos por el zoo los dos estuvieron
muy simpáticos conmigo.
Entre ellos no se hablaban. Pero cuando creían que no los oía,
se ponían a discutir en voz baja.

Cuando regresamos a casa, me fui a la cama muy pronto,
pero no podía dormir. Oí que discutían a gritos. Incluso dieron
un portazo. A mí me lo tienen prohibido. Y después oí como
si alguien llorara.

A la mañana siguiente, a la hora del desayuno, mamá tenía los ojos muy tristes y papá no estaba. Pero no me atreví a preguntar si ya se había ido a trabajar.

En el colegio estaba de muy mal humor y me enfadé con Pablo. Le grité. Solo porque me había preguntado si quería que acabásemos de construir nuestro castillo. Él se mosqueó, por supuesto, y eso hizo que me enfadara todavía más. Pablo es mi mejor amigo y solo quería acabar de construir el castillo.

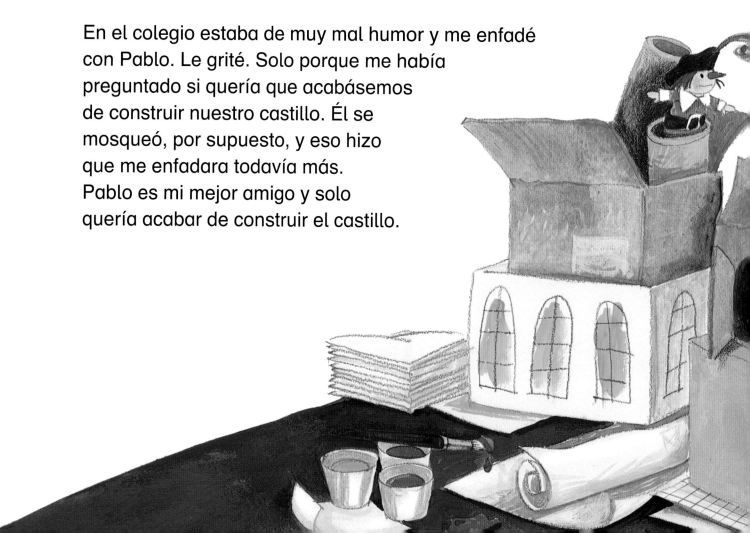

Al mediodía mamá aún estaba rara.
No me riñó cuando encendí el televisor sin pedirle permiso.

Cuando papá llegó a casa, traía un ramo de flores enorme.
Se lo dio a mamá y dijo:
—Siento haberme enfadado y que discutiéramos. Pero estaba
de muy mal humor porque había tenido un día muy estresante.
Y mamá respondió:
—Yo también lo siento. Fui injusta contigo. Había tenido muchos
problemas en el trabajo.

Así, ¿no estabais enfadados el uno con el otro?

Sí. Bueno...

Un poco.

Yo estaba enfadado porque casi no me habías dirigido la palabra.

Y yo estaba enojada porque te habías olvidado de ir a comprar. Y, después del trabajo, me apetecía mucho comer un poco de mi queso favorito.

¡POR un QUESO!

–Tenía miedo de que ya no os quisierais y os separarais.
–Vaya, ¿tan mal estábamos? –preguntaron papá y mamá
muy preocupados.

Y les dije que sí, porque era verdad. Y quería que me prometieran
que no se volverían a enfadar nunca más.
Pero me dijeron que no me lo podían prometer. Que todo el mundo
discute a veces. Que esto pasa en las mejores familias. Incluso
pasa si las personas se quieren. Lo importante es que después se
hagan las paces y se pueda hablar de por qué ha empezado
la discusión.

A veces la discusión empieza por un malentendido que se puede aclarar.

O nos peleamos porque tenemos opiniones distintas.
En este caso se puede llegar a un acuerdo.

Y a veces empezamos a discutir por algo que no tiene nada que ver con la otra persona. Cuando sucede esto, solo se puede pedir perdón.

Esto les pasa a los mayores, pero también a los niños.